Monica Antonella Sabella

Un cuore selvaggio

Youcanprint *Self-Publishing*

Titolo | Un cuore selvaggio
Autore | Monica Antonella Sabella
ISBN | 978-88-92667-67-9

Youcanprint Self-Publishing
Via Roma, 73 - 73039 Tricase (LE) - Italy
www. youcanprint.it
info@youcanprint.it
Facebook: facebook. com/youcanprint.it
Twitter: twitter. com/youcanprintit

Lo dedico a mio marito
e alle mie bimbe Alessia e Karol.

I Capitolo

Matilda era in crociera per una vacanza premio, aveva ventisei anni, appena laureata in Medicina, era vissuta sempre con il padre a Lecce, era rimasta orfana di madre all'età di tre anni. E ora Matilda era su una crociera meravigliosa con il padre per quindici giorni. Era già buio, e si appoggiò sulla balaustra della nave a guardare le onde del mare che si infrangevano con forza sull'imbarcazione. Si sentiva la musica da discoteca come sottofondo, aveva un po' di freddo, e indossò il golfino che aveva appoggiato sulle spalle. Pensava a suo padre, a quanti sacrifici aveva fatto per crescere una figlia da solo, e farla studiare. Suo padre, Simone, aveva appena trent'anni quando aveva perso la moglie e lavorava come ragioniere presso un'industria edile. L'unico aiuto era la tata, che era una signora di quarant'anni, nubile e bruttina ma con un cuore grande, si trovò a pensare Matilda.

«Signorina, mi ascolta?» disse un ragazzo.

«No mi scusi! Non ho sentito!» disse Matilda.

«Non deve appoggiarsi sulla balaustra della nave, potrebbe essere pericoloso!» disse un ragazzo dell'equipaggio.

«Va bene, starò attenta! La ringrazio!» disse Matilda allontanandosi e sedendosi su una panchina più distante.

«Ho detto di smetterla!» disse un uomo sul pontile verso una ragazza.

«Devi ascoltarmi Philippe!» disse la ragazza.

«Lasciami in pace!» rispose l'uomo arrabbiato sporgendosi dal pontile e la vide.

«Rosa, non mi riguardano i vostri interessi! E i vostri complotti familiari!» disse Philippe,.

«E invece si fa come dice nostra madre!» rispose Rosa.

«Cara, qui c'è freddo andiamo nella nostra cabina per prepararci per la cena!» disse Simone raggiungendola vicino alla balaustra.

«Sì papà, infatti, ho freddo!» rispose Matilda ed entrarono abbracciati. Simone aveva cinquantasei anni ma non li dimostrava, sembrava molto più giovane, e quando lo vedevano accanto alla figlia lo prendevano per un fratello o per il fidanzato di Matilda. Molte volte Matilda si divertiva per tenere lontani i pretendenti indesiderati, diceva che Simone era il suo fidanzato. Andarono in cabina e si prepararono per la cena, Matilda indossò un abito lungo e rosso che lasciava le spalle esili nude, e una scollatura davanti che lasciava intravedere i seni sodi quarta misura, nonostante Matilda fosse molto magra e alta 1,70 cm. A Simone non piaceva vestirsi molto elegante, e indossò un paio di Jeans e una camicia azzurra come i suoi occhi. Scesero nella sala del ristorante, era gremita di gente, loro avevano prenotato un tavolo per due. Si sedettero, accanto al loro tavolo erano sedute due donne, una era la ragazza vista sul pontile, vista da vicino era molto carina, bionda, occhi verdi, una altezza di 1, 70 cm circa; accanto c'era una signora di sessant'anni, e parlavano animatamente.

«Matilda, cosa stai guardando?» chiese Simone.

«Ho visto poco fa quella t, sul pontile litigare animatamente con un uomo!» disse Matilda.

«Ah sì! Saranno fidanzati! È normale litigare quando si è fidanzati!» disse Simone.

«Tu litigavi mai con la mamma?» chiese Matilda.

«Sì, per cose banali! Per esempio sul menu del giorno, non eravamo mai d'accordo!» disse Simone ridendo.

«E poi chi aveva la vinta?» chiese Matilda sorridendo come se immaginasse la scena dei litigi fra i genitori.

«Indovina un po'? Sempre lei! Le donne finiscono sempre per averla vinta! Anche se sono brave a farti credere che è l'uomo che comanda!» disse Simone. Matilda si mise a ridere e si sentì degli occhi addosso, era quell'uomo che aveva visto sul pontile con quella ragazza. Ora era seduto proprio di fronte a lei e la fissava, "Cosa avrà da fissarmi!"si disse Matilda.

«Philippe, stai ascoltando?» chiese Rosa.

«Dimmi, ti ascolto!» rispose Philippe.

«Il matrimonio si deve fare!» disse la donna anziana. Si avvicinò un cameriere: «Mi scusi, , la vogliono al telefono!» disse il cameriere.

"Duca!" si disse Matilda, «Papà quell'uomo burbero e arrogante è un Duca!» disse Matilda sorpresa.

«Ti sembra strano! Anche tu sei una principessa!» disse Simone sorridendo.

«Papà!» disse Matilda.

«Sei una principessa per il tuo papà!» disse Simone prendendole la mano e baciandola, Matilda si avvicinò a Simone e lo baciò sulla fronte, alzando gli occhi vide di nuovo quell'uomo che la fissava, aveva una cicatrice sul mento. Era carino, se non fosse per quell'aria cupa e triste che aveva sul viso.

«Chi era al telefono Philippe?» chiese l'anziana signora.

«Era Martino! Ha detto che alla villa è tutto a posto, e che Gina, la cavalla, è partorita!» disse Philippe.

«A te interessano solo i tuoi cavalli! Da quando eri piccolo! Dovresti avere altri interessi, per esempio gli affari di famiglia!» disse la donna.

«A te invece, mamma, interessano solo gli affari!» disse Philippe.

«Tuo nonno ha fatto tanti sacrifici per farci essere quelli che siamo ora!» disse la signora.

«Possiamo mangiare almeno in santa pace!» disse Philippe.

II Capitolo

Matilda si alzò presto e andò sul ponte della nave, l'aria era fresca e umida, s'infilò un maglioncino, si sedette su una panchina e abbozzò dei disegni. Fin da piccola le piaceva disegnare, era un suo hobby.

«Cosa sta disegnando?» era Philippe.

«Buongiorno! Sono degli abbozzi, in questo momento il sole che sta sorgendo, che si unisce al mare» disse Matilda.

«Bello! Sei un artista?» chiese Philippe.

«No! È solo un hobby!» rispose Matilda.

«Però sei molto brava!» disse Philippe.

«Grazie!» disse Matilda.

«Mi chiamo Philippe!» disse l'uomo.

«Matilda!» rispose Matilda.

«Sei in vacanza o per lavoro?» chiese Philippe.

«Una vacanza premio, dopo la laurea in medicina!» disse Matilda.

«Vacanza premio? Dovevi essere molto brava?» disse Philippe.

«Me la cavavo!» rispose Matilda.

«Posso avere questo disegno?» chiese Philippe.

«Se ti fa piacere!» disse Matilda.

«Sì mi fa piacere! Non mi chiedi cos'altro mi farebbe piacere?» disse Philippe guardandola. Matilda aveva su un paio di Jeans e una Tshirt azzurra come i suoi occhi e un golfino blu, i capelli neri li aveva raccolti in una coda. "Cosa aveva da fissarla!"si disse Matilda arrossendo.

«Mi piacerebbe scappare via lontano! Magari con una bella ragazza come te, Matilda!» disse Philippe incupendosi.

"Com'è strano quest'uomo! Passa dal sorriso incantevole a incupirsi!" si disse Matilda, «Perché vorrebbe scappare lontano?» si scoprì a chiedere Matilda incuriosita. Philippe non fece in tempo a rispondere, «Philippe!» era Ros.

«Buongiorno signorina! Non sei del suo stesso livello!» disse Rosa a Matilda.

«Ma come si permette?» disse Matilda alzandosi e lasciandoli da soli, «Ma chi credono di essere? Ricchi con la puzza sotto il naso! Ma tienitelo pure, non mi piace quel Philippe! Sempre imbronciato, arrabbiato! Ma rilassatevi un attimo!» disse ad alta voce Matilda mentre arrivava Simone.

«Parli da sola?» chiese Simone ridendo.

«No papà! Esprimevo un mio pensiero ad alta voce!» disse Matilda.

«Sei arrabbiata? Non ti ho mai vista arrabbiata?» disse Simone.

«Ero da sola, seduta sulla panchina per disegnare, si è avvicinato lui, mi ha fatto delle domande sui miei disegni e poi è arrivata come una furia lei e ha fatto una scenata di gelosia! Ma ce ne sono matti in giro!» disse Matilda.

«Lui? Lei? Gelosa? Ma di chi stai parlando?» chiese Simone non capendo.

«Papà andiamo a fare colazione! Non ha importanza te lo assicuro!» disse Matilda. Matilda prese un caffè lungo, e Simone un cappuccino e un cornetto. «Sarebbe buono un pasticciotto! Mi manca il nostro pasticciotto leccese!» disse Simone; Matilda sorseggiava il suo caffè e non ascoltava quello che diceva il padre. Al bar c'era Philippe che prendeva il caffè, e si guardava in giro come se fosse in cerca di qualcuno, li vide e si avvicinò al loro tavolo.

«Buongiorno Matilda! Volevo chiederti scusa per prima, Rosa non si è comportata molto bene!» disse Philippe.

"Molto bene! Da vera maleducata e cafona!" si disse Matilda, «Guarda signor Duca, a me delle vostre sceneggiate di gelosia non mi interessa niente! Sono affari vostri!» disse Matilda scocciata.

«Matilda, cosa sta succedendo?» chiese Simone.

«Niente caro, ho assistito a un duello poco piacevole tra due fidanzatini viziati!» disse Matilda.

«Matilda!» disse Simone non capendo.

«Scusate, non era mia intenzione creare altri problemi!» disse Philippe.

«Appunto! Ha chiesto scusa, adesso può andare!» disse Matilda.

«Matilda!» disse Simone mentre Philippe senza rispondere se ne andò via. «Non volevi fare sapere a quell'uomo che io sono tuo padre! Vero Matilda! Ti ha dato fastidio?» chiese Simone.

«Papà, lascia che credano quello che vogliono, l'importante è che i due fidanzatini mi lascino in pace!»

disse Matilda, «Papà, voglio rilassarmi e divertirmi! Non mi posso caricare i problemi e i disturbi di quei due fuori di testa!» disse Matilda. Matilda si recò sul ponte a fare un po' di aerobica con altre ragazze e ragazzi, «Dressa buongiorno» disse un cameriere.

«Buongiorno Richard!» disse Matilda.

«Sei pronta per divertirti?» chiese Richard.

«Sì, sono qui per questo motivo! Lasciamo tutti i problemi a casa! Giusto Richard?» disse Matilda.

«Sì, hai ragione! Solo che io sono qui per lavorare per potermi mantenere all'università!» disse Richard.

«Cosa studi?» chiese Matilda.

«Medicina! Mi manca la tesi!» disse Richard.

«Complimenti!» disse Matilda.

«Quindi, sono un buonpartito anche io signorina Matilda! Non sono un semplice cameriere!» disse Richard.

«Richard, non voglio essere scortese, ma se vuoi rimaniamo amici!» disse Matilda.

«Non ti piaccio?» chiese Richard.

«Richard non ho alcun interesse a fidanzarmi! Voglio divertirmi, rilassarmi e pensare a me stessa!» disse Matilda.

«Signorina, questo cameriere ti sta infastidendo?» chiese Philippe con tono arrogante.

«No, non mi sta importunando! È un bravo ragazzo! Ma a lei non devono riguardare le mie amicizie!» disse Matilda infastidita dalla sua presenza.

«Signorina lei è una delusione! Prima va a cena con uno più vecchio di lei! Poi flirta con un cameriere!» disse Philippe sarcastico.

«Vecchio? Come si permette di parlare cosi di mio…!» non fece in tempo a finire Matilda.

«Cara andiamo a fare aerobica?» disse Simone guardando male Philippe.

«Cosa vuole da te, quell'aristocratico con problemi di personalità?» chiese Simone arrabbiato.

«Sai papà, sto incominciando a chiedermelo, cosa vuole da me! Sembra un incubo!» disse Matilda. Simone e Matilda fecero un po' di aerobica e balli di gruppo, «Finalmente un po' di divertimento!» disse Matilda a Simone.

«Già cara te lo meriti!» disse Simone. Sul ponte, sedute su una panchina a guardare l'intrattenimento fatto da maestri di danza, c'erano Rosa insieme a quella donna anziana che doveva essere la madre di Philippe, e Philippe era fra loro che continuava a fissarla.

"Ma cosa vuole da me? Mi infastidisce!"si disse Matilda.

III Capitolo

«Quando finirà la crociera e torneremo in Spagna, Philippe, vorrei che riflettessi sul da farsi!» disse la madre.

«Mamma, non mi potete costringere a sposare qualcuno che non amo!» disse Philippe.

«Era stato già deciso, dai nostri avi! Tu dovevi sposare la figlia di nostro cugino Gilberto! Quindi non si discute, sposerai Sophie!» disse Dolores, la madre di Philippe.

«No mamma!» rispose Philippe.

«Io sposerò chi voglio!» disse Philippe.

«E chi? Quella poveraccia che fissi come un imbecille sulla nave?» disse Rosa.

«Quale imbecille?» chiese Dolores.

«Strano mamma, la fissa come un ebete!» disse Rosa.

«Sarà una poveraccia! Philippe, se vuoi divertirti prima di sposarti con Sophie, fallo pure! Anche tuo padre era un donnaiolo, l'importante è che alla fine ha sposato me! Così era deciso!» disse Dolores,.

«Mamma, io non farò la tua stessa fine! Non sei mai stata felice con papà!» disse Philippe.

«Felicità! Ah ah ah! Cosa vuoi che sia la felicità! A me interessano solo le nostre proprietà e le nostre ricchezze!» disse Dolores con autorità.

«Cosa dici mamma! Credi che io non mi sia mai accorto che flirtavi con il fattore?» disse Philippe.

«Come ti permetti di parlarmi in questo modo?» disse Dolores, «Ascolta Philippe, Sophie è una bella ragazza! Non ti piace più dopo l'incidente?» chiese.

«Cosa stai dicendo mamma?» chiese Philippe.

«Sì, dopo il vostro incidente tu sei cambiato! I medici hanno dato poche speranze che Sophie possa tornare a camminare! Quindi tu la sposi!» disse Dolores con autorità.

«Mamma, adottala se ti fa piacere!» urlò Philippe uscendo dalla cabina come un fulmine che andò a sbattere contro Matilda.

«Ehi ma non stai attento? Mi hai fatto cadere!» disse Matilda, era Philippe che non sembrava ascoltarla.

«Scusa! Ma ti sei reso almeno conto che mi sei finito addosso? Siete molto strani voi nobili!» disse Matilda.

«Sì, scusami tanto!» disse Philippe.

«Ehi, ma tu sei sempre così?» chiese Matilda.

«Così come?» chiese Philippe incuriosito.

«Distratto! Sempre con la testa fra le nuvole! Fai attenzione, finirai a fare del male a qualcuno!» disse Matilda.

«Forse farò male più a me!» disse Philippe.

«Sei molto strano!» disse Matilda.

«No! Non andare via subito ti prego!» disse Philippe.

«Perché?» chiese Matilda.

«Ho bisogno di parlare con qualcuno che non sia la mia famiglia!» disse Philippe.

Era ormai buio, fuori avevano appena finito di cenare, Simone era andato a giocare a carte con una coppia che aveva conosciuto sulla nave.

«Va bene!» disse Matilda.

«Il tuo amico non si arrabbierà a non vederti?» chiese Philippe.

«Simone?» disse Matilda.

«Si chiama Simone?» chiese Philippe.

«Sì! Mio padre si chiama Simone!» disse Matilda sorridendo.

«Tuo padre?» disse Philippe, «Ma è così giovane per essere tuo padre!» disse continuò.

«Questa è bella! Prima lo chiami vecchio, ora mi dici che è troppo giovane per essere mio padre!» disse Matilda divertita.

«Sì! Come fidanzato lo vedevo vecchio per te, ma come padre lo vedo giovane. Ma quanti anni ha?» disse Philippe.

«Cinquantasei!» disse Matilda.

«Tua madre lo lascia andare in giro così? Non è gelosa? È un bell'uomo!» disse Philippe.

«Mia madre è morta quando avevo solo tre anni! Mio padre non si è mai risposato!» disse Matilda. Erano seduti sulla panchina dove si erano visti per la prima volta.

«Sai Matilda, sei molto bella come ragazza!» disse Philippe.

«Grazie! Anche tu sei un bell'uomo, se non fosse che hai sempre quell'aria triste!» disse Matilda.

«Sembro così triste?» chiese Philippe.

«Sì! Ti ho visto sempre arrabbiato, o con un'aria triste!» disse Matilda.

«Tu potresti cambiare tutto!» disse Philippe.

«Io? E come ti potrei aiutare?» chiese Matilda.

«Sposandomi!» disse Philippe.

«Stai scherzando? Io ho avuto tante proposte strane! Ma trovare su una nave, un aristocratico strano, che neanche mi conosce e mi chiede di sposarlo!» disse Matilda ridendo.

«No! Non sto affatto scherzando, sei il mio tipo, mi piaci!» disse Philippe.

«Ma tu pensi che io sia un giocattolo? Vuoi una cosa e la ottieni subito!» disse Matilda alzandosi in piedi, «Senti un po', azzeriamo tutto, faccio finta di non aver sentito niente di quello che mi hai appena detto!» disse Matilda.

«Non rispondere subito! Pensaci su, avresti tutto quello che hai desiderato!» disse Philippe.

«Ma tu pensi di potermi comprare!» disse Matilda arrabbiata, e se ne stava andando, Philippe le si mise davanti, la strinse forte a lui e la baciò.

«Come ti sei permesso?» disse Matilda tirandogli uno schiaffo.

IV capitolo

«Papà, stanotte sei rientrato tardi!» disse Matilda.

«Sì cara, ho giocato a carte!» rispose Simone preoccupato.

«Papà, c'è qualche problema?» chiese Matilda, «Papà, non è che hai giocato tutti i nostri soldi? Speravo che ne fossi uscito!» disse Matilda.

«Ma cosa dici Matilda! Non ho giocato i soldi tranquilla tesoro!» disse Simone che andò a fare la doccia. Squillò il telefono della camera: «Sì, sono la signorina Matilda De Salvi! Chi è?» disse Matilda.

«Sono Dolores Lopez! Potrebbe venire nella mia cabina appena può? Le vorrei parlare signorina Matilda!» disse Dolores.

"E mo cosa vuole questa? Tutte a me capitano!" si disse Matilda. Fece una doccia veloce, infilò una tuta e scarpe da tennis e si avviò alla cabina di Dolores.

«Avanti!» si sentì rispondere dopo aver bussato.

«Buongiorno, sono la signorina Matilda De Salvi! Cosa ha da dirmi?» disse Matilda.

«Prego si accomodi! Vuole un caffè, un succo di arancia…!» chiese Dolores.

«Va bene un caffè!» rispose Matilda sedendosi su una poltroncina molto comoda, se non fosse che era molto tesa.

«Signorina Matilda, lei è un medico vero?» chiese Dolores.

«Sì, ho la laurea in medicina!» rispose Matilda sorpresa.

«Ho preso informazioni su di lei! E mi hanno detto che era molto brava! Il primario che poi era il tuo docente e tutor ti ha voluto come assistente in diversi suoi interventi chirurgici!» disse Dolores.

«Vedo che sa tutto di me! Ora io vorrei capire perché lei ha preso informazioni su di me! Ultimamente troppi della sua famiglia mi stanno appresso! Sia chiara una cosa, Signora Duchessa Dolores De sanchez e quant'altro!» disse Matilda che fu interrotta da Dolores

«Signorina Matilda, sono Lopez non Desan… come mi ha chiamato lei!» disse Dolores infastidita.

«Va bene uguale mi creda, mi faccia finire come si chiama, si chiama… Non sono in vendita, non mi compri, non sono il vostro giocattolo o il trofeo di vostro figlio!» disse Matilda che era arrivata già verso la porta.

«Cosa c'entra mio figlio?» disse Dolores.

«Non mi faccia perdere altro tempo, regina sanchez!» disse Matilda sarcasticamente.

«Duchessa, Matilda! Lopez Matilda!» disse Dolores, «Io veramente volevo farti una proposta di lavoro!» disse Dolores.

«A me? Lei ha la possibilità di avere i migliori professori del mondo, e vuole fare una proposta a me?» chiese Matilda insospettita.

«Mi vuole ascoltare Matilda?» disse Dolores, «La fidanzata di mio figlio ha avuto un brutto incidente, ed è rimasta sulla sedia a rotelle! Dicono che con una buona terapia forse tornerà a camminare!» disse Dolores con una strana espressione negli occhi.

"Ma dove vuole arrivare questa donna?" si disse Matilda, «E io come posso aiutarla?» chiese Matilda guardandola.

«Le propongo di lavorare come medico della mia famiglia! Per favore, lei ha bisogno di un lavoro e io ho bisogno di lei!» disse Dolores con gli occhi lucidi.

"Tanta autorità… che fosse capace di piangere non ci avrei scommesso!" si disse Matilda. «Non so, mi da un po' di tempo per pensarci?» disse Matilda.

«Sì Matilda, e avrà un ottimo stipendio, glielo assicuro!» disse ancora Dolores.

«Mamma! Cosa fa lei qui?» chiese Philippe.

«Guarda che la lei, sta togliendo il disturbo!» disse Matilda andandosene.

«Cosa stai combinando mamma?» chiese Philippe.

«Niente, cosa dovrei combinare Philippe! Ho chiesto alla signorina Matilda, se vuole lavorare come medico per la nostra famiglia!» disse Dolores.

«Un medico privato! Mica abbiamo bisogno di un medico! Chi non sta bene mamma?» disse Philippe.

«Veramente è per Sophie!» disse Dolores.

«Mamma! Tu credi che se tornerà a camminare la sposerò?» disse Philippe.

«Tu la sposerai! Anche se non tornerà a camminare! Per colpa tua Sophie sta su quella maledetta sedia a rotelle! E il minimo che puoi fare è sposarla!» urlò Dolores.

V capitolo

«Mah, questi aristocratici! Chi credono di essere! Padroni del mondo?» disse Matilda ad alta voce.

«Cosa hai?» chiese Simone.

«Papà, la gente ricca pensa che può comprare tutti con i propri soldi!» disse Matilda, Simone fece una strana smorfia.

«Papà stai bene?» chiese Matilda.

«Sì, ho solo un po' di mal di stomaco!» disse Simone.

«Papà, ti ho sempre detto di prendere la tua terapia!» disse Matilda.

«L'ho presa Matilda!» disse Simone.

«Conoscendoti l'avrai presa saltuariamente! Gli inibitori di pompa vanno presi a cicli, e l'antiacido al bisogno!» disse Matilda.

«Anche con tuo padre fai il medico?» disse Simone.

«Soprattutto con mio padre!» rispose Matilda ridendo, «Papà io vado a fare un bagno in piscina! Non siamo ancora andati a fare un bagno, fra poco finiamo la crociera e ci perdiamo il meglio dei divertimenti!» disse Matilda.

«Cara vai pure, mi sdraio un po'! Poi ti raggiungo!» disse Simone. .Matilda indossò un costume a due pezzi rosso, le mutandine erano ridotte, vista la sua linea se lo poteva permettere, pensò guardandosi allo specchio, il reggiseno conteneva i suoi seni che rispetto alla sua solo era più abbondante! Scese giù in piscina, tolse l'accappatoio e si tuffò nell'acqua, era di una temperatura piacevole! "Per fortuna è ancora presto, non c'è nessuno" si disse Matilda, si mise supina sull'acqua e chiuse gli occhi. Sentì battere le mani e aprì gli occhi, sulla sdraia di fronte c'era Philippe in mutandine da bagno.

«Cosa fai lì?» chiese Matilda.

«Hai ragione, cosa faccio qui! Forse, bambolina, era un invito?» disse Philippe, tuffandosi in acqua.

«Ma quale invito? Esci immediatamente!» disse Matilda.

«È un posto pubblico! Quindi rimango bambolina!» disse Philippe.

«Allora mio caro, esco io!» disse Matilda, si sentì un fischio, «Cafone! Un duca, che fischia!» disse Matilda arrossendo, aveva dimenticato di avere addosso un bikini striminzito! Indossò l'accappatoio.

«Bambolina, ti preferivo prima!» disse Philippe.

«Cafone!» disse Matilda.

«Bambolina, prima provochi! E poi io sarei il cafone?» disse Philippe avvicinandosi, la prese per le spalle e la baciò.

«Ma cosa vuoi da me? Perché non mi lasci in pace?» disse Matilda.

«Perché siamo destinati!» disse Philippe.

«Tu sei un povero illuso! Non credere che con i tuoi soldi puoi comprare tutto! Io non sono in vendita!» disse Matilda andandosene.

Philippe fischiettava una canzone, «Cafone!» continuò ad urlargli Matilda.

VI Capitolo

Matilda e Simone, dopo aver cenato in cabina, scesero nel locale adibito a discoteca, Matilda indossò un pantalone bianco aderente e una T-shirt nera che lasciava le spalle nude e una scollatura davanti che lasciava intravedere i seni, e un paio di sandali alti. Simone indossò un paio di Jeans e una camicia bianca, si sedettero su un divanetto e ordinarono da bere, Simone andò a ballare un lento con Rosa, "Ma possibile che questa famiglia ce l'abbiamo sempre fra i piedi?" si disse Matilda. Si avvicinò un ragazzo per invitarla a ballare, Matilda vedendo Philippe, accettò l'invito.

Mentre ballava il lento con quel ragazzo, Philippe si avvicinò a loro:

«Matilda, possibile che non ti posso lasciare mai da sola?» disse Philippe.

«Cosa?» disse Matilda.

«Mi scusi giovanotto, ma questa è la mia fidanzata! E io sono molto geloso, per questo motivo conviene che te ne vai!» disse Philippe arrabbiato.

«Non sapevo che fosse fidanzata!» disse il ragazzo andandosene.

«Ma tu sei matto?» disse Matilda.

«Perché?» disse Philippe.

«Io non sono la tua fidanzata! Ballo con chi mi piace e pare!» disse Matilda arrabbiata.

«Perché ti arrabbi tanto?» chiese Philippe.

«E me lo chiedi pure?» disse Matilda.

«Ci dobbiamo sposare ed è naturale che mi dia fastidio che la mia donna faccia la gatta morta con gli altri uomini!» disse Philippe.

«Tu ci fai? O ci sei?» disse Matilda, «Chiariamo una volta per tutte, io e te non siamo fidanzati, io non mi sposo con te, e ti chiedo una volta per tutte di lasciarmi in pace!» disse Matilda, «Sai cosa penso di te e della tua famiglia?» continuò.

«Di me e della mia famiglia! Scusa Matilda, cosa c'entra ora la mia famiglia?» chiese Philippe incuriosito.

«Che avete delle rotelle fuori posto!» disse Matilda e lo lasciò in mezzo alla piscina.

VII Capitolo

Matilda rimase a cenare in camera, "Ne ho abbastanza di Philippe, Rosa, Dolores e tutta la sua famiglia!" si disse Matilda, "Dolores mi chiede di andare in Spagna per curare la futura sposa del figlio, Philippe mi chiede di sposarlo! Mi sembrano un po' toccati!" si disse. Guardò un po' di televisione, Simone cenò con lei in cabina e poi scese a giocare a carte con i suoi amici. Sentì bussare alla porta.

«Papà, hai dimenticato qualcosa?» chiese Matilda aprendo la porta, era Dolores, «Ma siete il mio incubo! State trasformando la mia vacanza in un incubo!» disse Matilda arrabbiata.

«Cosa sta dicendo Matilda! Chissà quante vorrebbero essere al suo posto! Ti sto proponendo un lavoro!» disse Dolores.

«Lei mi propone un lavoro, suo figlio mi propone un matrimonio! Mettetevi d'accordo!» urlò Matilda.

«Matrimonio? Quale matrimonio! Mio figlio è fidanzato e deve sposare Sophie!» disse Dolores arrabbiata.

«Perché lo sta dicendo a me? Forse suo figlio ha dimenticato di avere una fidanzata e addirittura che si deve sposare!» disse Matilda.

«Diciamolo chiaramente, tu sei una bella ragazza! E lui vuole solo divertirsi prima di sposare Sophie! Gli uomini sono fatti così!» disse Dolores.

«Vuole dire che sta giocando con me?» chiese Matilda.

«Matilda, avevi preso seriamente la proposta di mio figlio! Ti vedevo più sveglia come ragazza! Non credevo che potessi credere alla corte di un uomo che vuole solo divertirsi prima di sposarsi!» disse Dolores.

«Io della proposta di suo figlio non so che farmene! È antipatico, è sempre cupo, arrogante…!» disse Matilda che non riuscì a finire tutti gli aggettivi che fu interrotta da Dolores.

«Senti un po' ragazzina, se vuoi divertirti con mio figlio, sono affari tuoi, ma sappi che lui sposerà Sophie!» disse Dolores.

«Io sto dicendo che suo figlio non mi piace! Ma lei è dura di orecchie!» disse Matilda.

«No cara signorina, ci sento, e molto bene! E sai cosa ti rispondo? Che tu sei innamorata di mio figlio!» disse Dolores.

«Cosa!» disse Matilda.

«Senta duchessa, si sbrighi, perché è venuta alla mia cabina?» disse Matilda fredda.

«Volevo sapere se ha pensato alla mia proposta!» disse Dolores.

«Sì ci ho pensato, e la mia risposta è no!» disse Matilda.

«Se ne pentirà!» disse Dolores uscendo.

"Sono tutti fuori di testa!" si disse Matilda. Simone rientrò in cabina era già mattino, «Papà, ultimamente rientri sempre il mattino! Meno male che questa vacanza sta per finire!» disse Matilda.

«Non ti stai divertendo cara?» chiese Simone.

«Sì, se non fosse per la famiglia di Philippe!» disse Matilda.

«Philippe?» chiese Simone.

«Sono dei folli! Lui mi propone di sposarlo!» disse Matilda arrabbiata.

«E perché sarebbe un folle? Sei una bella ragazza, anche se lui è un nobile, non potresti piacergli veramente?» disse Simone.

«Papà! Fammi finire! È già fidanzato con una certa Sophie, e si devono sposare appena torna in Spagna! E non basta! Sua madre mi propone di lavorare come medico! Sophie è rimasta sulla sedia a rotelle dopo un incidente e io, secondo lei, la farei tornare a camminare!» disse Matilda.

«Figliola e cosa ci vedi di così strano!» disse Simone.

«Oh mio Dio! Ma è la nave che vi fa perdere le rotelle! Hanno contagiato anche te papà? Cosa ci vedo di strano? Non mi risulta che in Spagna ci sia la poligamia! E anche se fosse, non m'interessa sposarlo!» disse Matilda.

«Forse dovresti pensare alla proposta di Dolores!» disse Simone.

«E da quando per te papà la duchessa è diventata Dolores?» chiese Matilda insospettita.

«Papà, ti stai facendo comprare dai loro soldi? Aspetta un attimo, non è che ti piace quella specie di donna acida, Rosa?» disse Matilda.

«Matilda! Rosa non è come credi tu!» disse Simone.

«Siamo a posto! E come sarebbe, papà, Rosa veramente?» disse Matilda, «Papà, cosa devi dirmi che non so! Rosa ti piace, e io dovrei accettare la proposta di lavoro come medico? A me puzza questa storia, perché Dolores ha scelto me che sono da poco laureata!» disse Matilda insospettita.

«Non potrebbe essere semplicemente che vuole darti un'opportunità?» disse Simone.

«Io in Dolores non ci vedo tanta bontà!» disse Matilda.

«Forse Matilda non hai ancora capito! Devi accettare!» disse Simone cambiando tono della voce.

«Papà! Non mi hai mai risposto con questo tono! Cosa succede?» disse Matilda.

«Scusami cara, se non te la senti non accettare la proposta di Dolores!» disse Simone, «Vado a prendere una boccata d'aria!» disse uscendo dalla loro cabina.

"Mi sta nascondendo qualcosa! È preoccupato!" si disse Matilda.

VIII Capitolo

Matilda uscì dalla sua cabina, e seguì il padre "Mi nasconde qualcosa! Mio padre è strano! Voglio vedere dove va!" si disse Matilda. Erano le ventuno, e vide suo padre entrare in una cabina. "Forse è la cabina di Rosa!" si disse Matilda, entrò in una stanza con la porta semiaperta, e cercò di capire cosa dicevano nella stanza accanto.

«Rosa, mia figlia non vuole accettare di lavorare per voi!» disse Simone.

«Devi farle cambiare idea!» disse Rosa, si sentì bussare, era Philippe.

«Simone! Novità?» chiese Philippe.

«Matilda non vuole accettare di lavorare come medico per la tua famiglia! Lasciatela in pace!» disse Simone con un tono disperato.

"Cosa succede? Perché vogliono che io lavori per loro? Cosa c'entra mio padre con loro!" si disse Matilda uscendo dalla stanza mentre usciva Philippe.

«Oh mio Dio! Spero che non se ne sia accorto che ero nella stanza accanto!» si disse Matilda.

«Matilda! Cosa ci fai qui? Eri venuta a cercarmi?» disse Philippe con una strana luce negli occhi.

«No! Non sono venuta a cercare te! Hai visto mio padre?» disse Matilda.

«Sì, è nella cabina di mia sorella! Loro si frequentano, a differenza nostra!» disse Philippe sarcastico.

«Mi dici perché volete che io venga a fare il medico alla tua fidanzata?» disse Matilda.

«Non è la mia fidanzata!» disse Philippe scocciato.

«Mettiti d'accordo con tua madre! La cosa non mi riguarda! Intendo se è o meno la tua fidanzata! Invece mi interesserebbe sapere perché volete me come medico! Potete avere tutti i migliori medici!» disse Matilda pensierosa.

«Tu non sei tutti! Forse perché è l'unico medico che non possiamo avere!» disse Philippe.

«Quindi io sarei un giocattolo che vuoi avere! C'è qualcosa che mi sfugge!» disse Matilda.

«Quante domande! Quanti perché! Non sarebbe più semplice accettare?» disse Philippe.

«E tu? Non mi rispondi!» disse Matilda.

«Allora Matilda, ti conviene accettare!» disse Philippe.

«E perché dovrei accettare?» disse Matilda.

«Chiedilo a tuo padre!» disse Philippe.

«Cosa c'entra mio padre ora?» disse Matilda.

«Devo andare Matilda!» disse Philippe lasciandola lì senza una risposta.

IX Capitolo

Matilda aspettò sveglia il ritorno di suo padre.

«Papà!» disse Matilda.

«È tardi! Non stai ancora dormendo?» disse Simone.

«Ti ho aspettato, per parlarti!» disse Matilda.

«A quest'ora? Vorrei andare a dormire! Parliamo domani mattina!» disse Simone.

«No papà, parliamo ora!» disse Matilda.

«Ti ascolto, cosa hai da dirmi di così importante, da non poter aspettare domani?» disse Simone.

«Papà, sei molto cambiato! Ultimamente non sei più lo stesso! Cosa sta succedendo?» disse Matilda.

«Niente! Matilda perché dici che sono cambiato?» disse Simone.

«Papà, anche Philippe mi ha detto di chiedere a te, perché dovrei accettare il lavoro propostomi da Dolores!» disse Matilda.

«Ma tu non hai accettato!» disse Simone.

«Papà, cosa devo sapere?» disse Matilda.

«Perché lo chiedi a me?» disse Simone.

«Stasera ti ho sentito parlare con Rosa, eri nella sua cabina. Dopo è arrivato anche Philippe, e ho sentito tutto quello che dicevate. Perché dovresti convincermi ad accettare?» disse Matilda.

«Va bene ti dirò tutto! Avevo un grosso debito e alcuni signori mi hanno aiutato a saldarlo! Solo che erano degli usurai, e volevano restituita tutta la somma che mi avevano prestato. Io ho chiesto del tempo ma loro ogni giorno aumentavano la somma, li chiamavano interessi. Erano dei sanguisuga!» disse Simone.

«Debiti di gioco?» disse Matilda.

«Sì, debiti di gioco!» disse Simone.

«E cosa c'entra la famiglia di Philippe?» disse Matilda.

«Io ero a giocare con i miei amici e mi sono confidato con loro. Al banco vicino al nostro c'era Philippe che giocava a burraco e ascoltò tutto quello che io raccontavo ai miei amici. A fine serata mi si è avvicinato, dicendomi che aveva ascoltato la mia conversazione, e mi ha proposto che avrebbe saldato il tutto, se in cambio tu avresti lavorato come medico.» disse Simone.

«Sono stata venduta?» chiese Matilda.

«No Matilda! Non devi pensare questo! Risolverò in un altro modo! Non posso costringerti a fare qualcosa che non vuoi!» disse Simone.

X Capitolo

«Troviamo un altro modo! Ti restituirò tutto!» disse Simone a Philippe.

«No, i patti fra noi erano diversi!» disse Philippe bevendo un alcolico.

«Matilda non ha nessuna intenzione di accettare! Non posso costringerla!» disse Simone.

«La cosa non mi riguarda! Cerca il modo per convincere tua figlia!» disse Philippe.

«Ma perché volete mia figlia come medico? Ha ragione Matilda, potete avere i migliori medici! Perché vi state fissando con mia figlia!» disse Simone.

«Tu hai un debito e lo devi saldare! Trova tu il modo! Non hai molto tempo per convincere tua figlia!» disse Philippe. Simone non si fece vedere da Matilda tutto il giorno, aveva troppa vergogna a guardare sua figlia negli occhi, e pregarla di accettare la proposta della famiglia di Philippe. Matilda cercò suo padre per tutta la nave e incominciò a preoccuparsi, alla fine andò a bussare alla cabina di Philippe: «Ehi Matilda! Che bella sorpresa! Non pensavo che tuo padre sarebbe riuscito a convincerti così in fretta!» disse Philippe.

«Convincermi di cosa? Dov'è mio padre? Se gli è successo qualcosa non vi perdonerò!» disse Matilda.

«Dov'è tuo padre! E cosa vuoi che ne sappia io?» disse Philippe.

«So tutto!» disse Matilda.

«Cosa sai bambolina?» disse Philippe.

«Non chiamarmi bambolina! Con me non funzionano le tue moine!» disse Matilda.

«Perché sei venuta Matilda?» chiese Philippe scocciato.

«Per cercare mio padre!» disse Matilda.

«Io non lo vedo da stamattina!» disse Philippe.

«Sono preoccupata, è tutto il giorno che non lo vedo! Non vorrei che avesse fatto un atto estremo!» disse Matilda.

«Andiamo a cercarlo! Ti aiuto!» disse Philippe.

«L'ho cercato per tutta la nave! Cosa vi siete detti stamattina?» disse Matilda.

«Matilda tuo padre deve saldare un debito con la mia famiglia! Gli abbiamo chiesto che tu venissi solo per un periodo, a darci una mano con Sophie! Non chiediamo chissà cosa! E fra l'altro sarai retribuita per il tempo che vorrai rimanere da noi, molto bene!» disse Philippe.

«Se non mi trovo bene, potrò ritornare a casa mia?» chiese Matilda.

«Sì, però almeno prova a darci una mano, facciamo un mese?» disse Philippe.

«E tutto il debito di mio padre sarebbe saldato?» chiese Matilda.

«Sì, però devi giurarmi di rimanere almeno un mese! Se poi ti troverai male, dopo un mese potrai andare via e non mi vedrai mai più! Se invece vorrai rimanere, noi saremmo felici.» disse Philippe.

«Va bene accetto! Però io voglio che venga anche mio padre!» disse Matilda.

«Va bene Matilda! Abbiamo bisogno di un ragioniere!» disse Philippe. Simone era al bar che stava bevendo birra!

«Papà! Sei ubriaco! Andiamo nella nostra cabina!» disse Matilda.

«Ti aiuto Simone!» disse Philippe appoggiandolo di peso su di lui, «Sei pesante! Guardandoti non sembrerebbe!» disse Philippe.

«Tu sei il nostro problema!» disse Simone ubriaco.

«Sei ubriaco! Non sai cosa dici!» disse Philippe a disagio perché guardati da tutti i presenti, «Io sono la soluzione ai tuoi problemi!»

XI capitolo

«Papà, come ti senti?» chiese Matilda preoccupata.

«Come vuoi che mi senta? Come un padre che si sente in colpa per averti messa in mezzo a questa brutta storia!» disse Simone.

«Volevo dire come stai dopo la sbornia di ieri sera!» disse Matilda.

«Come un bambino sorpreso a rubare la cioccolata! Come vuoi che mi senta!» disse Simone.

«Una sbornia può succedere a tutti! Ieri ti ho cercato per tutta la nave! Mi ero preoccupata, sei sparito per tutto il giorno! Non abbiamo neanche pranzato insieme!» disse Matilda.

«Mi sento in colpa, Matilda! Non so come uscire da questa storia!» disse Simone.

«Papà, ho accettato!» disse Matilda.

«Non devi sentirti obbligata ad accettare per colpa mia!» disse Simone.

«No papà! Ho accettato mettendo delle condizioni!» disse Matilda.

«Quali condizioni Matilda? Il conte non scende a compromessi! Non ti fare ingannare, è molto furbo!» disse Simone.

«Le condizioni sono che tu venga con me, e che la mia permanenza a casa loro sia di un mese! Se dopo la scadenza del mese io volessi andare via, sarei libera di farlo e il tuo debito comunque sarebbe estinto!» disse Matilda.

«Sei sicura che Philippe manterrà la promessa?» disse Simone.

«Sì papà! È dovuto scendere a compromessi, altrimenti non avrei accettato!» disse Matilda. Matilda, preparò la sua valigia e quella di suo padre. Bussarono alla loro cabina, era Philippe, andò ad aprire Simone.

«Papà chi è?» chiese Matilda uscendo dalla doccia con indosso l'accappatoio, «È arrivata la colazione?» chiese Matilda.

«Matilda è Philippe!» disse Simone.

«Buongiorno Matilda!» disse Philippe.

«Buongiorno!» rispose Matilda.

«Siete pronti per scendere?» chiese Philippe fissandola, l'accappatoio faceva intravedere le gambe lunghe.

«Sì, il tempo di vestirmi!» disse Matilda arrossendo.

«Ci aspetterà il nostro autista! Ci vediamo dopo!» disse Philippe uscendo dalla loro cabina.

«Papà, incominciamo quest'avventura!» disse Matilda prima di lasciare la loro cabina.

XII capitolo

Al porto c'era una limousine ad aspettarli, scese l'autista, un uomo alto, magro dalla carnagione scura, sulla quarantina: «Buongiorno signor Philippe, signora… e aprì gli sportelli dell'automobile per farli sedere.

«Grazie!» disse Matilda. "Che macchina di lusso!"si disse Matilda, gli interni erano in pelle, c'era anche il bar, "Mamma che lusso!" si disse Matilda. Presero qualcosa da bere, Matilda bevve un succo di ananas, Philippe, Rosa e Dolores un succo di arancia rossa, e Simone un caffè in ghiaccio.

«Louis, la nave ha fatto un po' di ritardo! Stai aspettando da tanto?» chiese Dolores all'autista.

«Sì signora Dolores, ma ho letto il giornale!» disse Louis sorridendo.

La macchina si fermò davanti a un enorme castello antichissimo, "Sicuramente dell'Ottocento" si disse Matilda, "Mi sembra tutto surreale! Ma doveva capitare proprio a me!" si disse Matilda ancora. Si trovarono di fronte un enorme portone di ferro battuto, che si aprì al loro arrivo, c'erano due signore di mezza età e un uomo, "Sicuramente della servitù!"pensò Matilda.

«Buongiorno Signor Duca, signora Duchessa e signorina Rosa!» disse la signora più anziana.

«Ciao Milly mia!» disse Rosa saltandole addosso.

«Ciao bambina mia!» disse ancora la signora abbracciandola. Entrarono in un grande salone. "Quanto è alta questa sala, è gigantesca! Che lampadari, che belli! Di cristallo!" si disse Matilda.

«Federico, accompagna il signore e la signorina nelle loro stanze! Ci vediamo più tardi per cena!» disse Philippe cambiando tono della voce. "Ecco! È ritornato a essere il solito burbero!" si disse Matilda seguendo il signore della servitù. La sua camera, era un po' distante da quella di Simone, «Ci vediamo dopo papà!» disse Matilda.

«A dopo cara!» disse Simone. La camera era immensa, il letto era matrimoniale, ed era piena di specchi e armadi a muro, "Anche se volessi, non riuscirei mai a riempirli!" si disse Matilda aprendo le ante degli armadi, c'era un'altra porta che portava al bagno, «Che bello! C'è la vasca idromassaggi!» esclamò ad alta voce Matilda, "Bene! Ora farò un bel bagno rilassante con l'acqua caldissima e piena di schiuma come piace a me!" si disse Matilda preparando la vasca; sentì aprire la porta del bagno, lei era già nuda e sobbalzò, era la domestica Milly: «Ti aiuto io a fare il bagno bambina!» disse la donna.

«No grazie! Io mi lavo da sola! Non sono una bambina!» disse Matilda non capendo ancora cosa stava succedendo.

«No signorina, l'aiuto io! Me l'ha chiesto il signorino Philippe! Dice che lei è gracile, e potrebbe farsi male!» disse Milly.

«Gracile! Io sono un medico! Roba da matti! Questa è una famiglia di matti!» disse Matilda.

«Matti o no, io devo eseguire gli ordini del signorino Philippe!» disse la donna agitando le braccia, «Io vorrei fare un bagno in santa pace! Philippe mi sta prendendo in giro Milly!» disse Matilda esasperata. Milly sembrava non avesse sentito e cominciò a strofinarle la schiena.

«Piano Milly! Mi fai male!» disse Matilda.

«Signorino Philippe, mi ha detto che lei lavorava nei campi, e che ha bisogno di essere strofinata ben bene!» disse Milly guardandola strana.

«Nei campi! Ma le sembro una ragazza che ha lavorato nei campi? Non vede che Philippe sta giocando?» disse Matilda.

«Signorino Philippe non scherzare mai, è sempre cupo!» disse la donna sforzandosi di parlare l'italiano.

«Puoi mettere almeno un altro po' di bagnoschiuma? Mi piace molta schiuma!» disse Matilda chiudendo gli occhi e appoggiando il capo alla vasca da bagno, Matilda non sentì più parlare Milly "Forse mi ha lasciata finalmente da sola!" si disse Matilda, sentì un rumore, "Rieccola, è tornata!" si disse Matilda. Aprì gli occhi:

«Che ci fai tu qui? Sei impazzito?» chiese Matilda, «Prima quella donna più larga che alta! Ora vieni anche tu nel mio bagno! Ma qui si usa così? Manca qualcun altro?» disse Matilda arrabbiata.

«Tranquilla non si usa così! Era solo che già mi mancavi! Ho bussato, non avendo risposta ho pensato che avevi magari bisogno di qualcosa!» disse Philippe.

«Stai scherzando? Proprio io dovevo incontrare una famiglia che non ha le rotelle a posto?» disse Matilda.

«Hai bisogno di qualcosa bambolina?» disse Philippe.

«Esci immediatamente da qui!» urlò Matilda.

«Voi donne non sapete apprezzare la gentilezza di noi uomini! Non ti lamentare se poi non avrai più le mie attenzioni!» disse Philippe sarcastico.

«Fuori!» disse Matilda. Philippe uscì sbattendo la porta. "Quest'uomo mi farà impazzire! Un mese? Un giorno mi sembra già molto!" si disse Matilda. Indossò un abito nero corto fino al ginocchio e stretto sui fianchi, scollato sulle spalle e sui seni. "Adesso gioco io con te, signorino Philippe!" si disse Matilda sorridendo, passò dalla stanza di Simone e bussò alla sua porta.

«Matilda, sei uno schianto! Su chi vuoi fare colpo stasera? Matilda non è che ti piace Philippe?» disse Simone.

«Stai scherzando! È così arrogante, burbero, presuntuoso, viziato e quant'altro!» disse Matilda.

«Andiamo! Ci hanno detto di essere puntuali e siamo in ritardo di mezz'ora!» disse Simone.

«Meglio farsi desiderare!» disse Matilda con una luce strana negli occhi.

«Matilda non giocare con il fuoco! Finirai per scottarti!» disse Simone preoccupato.

«Papà stai tranquillo! Se c'è qualcuno che si scotterà sarà proprio lui!» disse Matilda. Erano tutti in sala da pranzo.

«Accomodatevi prego!» disse Dolores, «Per cortesia io ci terrei alla puntualità!» disse ancora Dolores.

«Sei molto bella questa sera Matilda!» disse Philippe mangiandola con gli occhi.

«Grazie Philippe!» disse Matilda con una voce sensuale, Matilda si sedette accanto a Philippe, "Adesso ti sistemo io!" si disse Matilda, Simone si sedette accanto a Rosa. La cena era molto buona, arrivarono pesce e verdure grigliate con salse tipiche della Spagna. Philippe la fissò per tutta la cena, Matilda fece cadere il tovagliolo, si piegò per prenderlo e sfiorò la gamba di Philippe, lui sussultò e la guardò con una luce strana. "Forse sto esagerando!" si disse Matilda.

«Sophie si scusa con gli ospiti, non stava molto bene!» disse Dolores, «Domani mattina Matilda saremmo felici se incominciassi a occuparti di Sophie!» disse Rosa.

«Perfetto! Per me va benissimo!» disse Matilda.

«Devi prima leggere le sue cartelle cliniche, e poi decidere la terapia da fare! Giusto dottoressa?» disse Philippe sarcastico.

«Conosco bene la mia professione, non ho bisogno che mi ricordi cosa devo fare caro!» disse Matilda in tono sensuale. Tutti la guardarono. "Forse ho esagerato!" si disse Matilda. Dopo cena presero il dolce e il caffè, era ormai tardi, Matilda salutò dicendo che andava a dormire, che era stanca e l'indomani doveva alzarsi presto per conoscere Sophie. Entrò nella sua stanza, tolse le scarpe che erano alte e aveva i piedi dolenti, tolse il vestito ed entrò nella doccia, canticchiando una canzone anni settanta di Gianni Morandi! Infilò un pigiamino estivo trasparente, e uscì dal bagno camminando al buio inciampò su qualcosa, "Ohi!" disse, e si mise a letto. Aveva una sensazione strana e accese la lampada situata sul comodino.

«Oh mio Dio! Come hai fatto a entrare? Esci!» disse Matilda a Philippe.

«Mi hai invitato tu!» disse Philippe che intanto si era infilato nel suo letto.

«Ti ho invitato io? E quando?» chiese Matilda.

«Hai buttato appositamente il tovagliolo per terra e mi hai toccato la gamba! Quando una dama butta il tovagliolo per terra i due innamorati si piegano per prenderlo e si baciano!» disse Philippe divertito.

«Non sai più cosa inventarti! Esci dal mio letto!» disse Matilda.

«Ah, Ah Ah!» rise Philippe e si sistemò meglio nel letto.

«Adesso chiamo tua madre! Non devi sposarti? Vediamo cosa ne pensa la tua fidanzata!» disse Matilda. Philippe si alzò di scatto dal letto e arrivato vicino alla porta si girò: «La prossima volta ragazzina non provocare! Io sono un gentiluomo, se avessi trovato dall'altra parte un uomo senza scrupoli, non te ne saresti uscita solo con un semplice bacio!» e uscì dalla stanza sbattendo la porta.

«Buffone!» disse Matilda e chiuse la porta della stanza a chiave. Erano le due e Matilda, nonostante fosse stanca non riuscì a riposare, si alzò e uscì dalla stanza, vide Philippe entrare in una stanza. "Forse è la sua stanza!" si disse Matilda, stava per andare nella sua stanza quando sentì delle voci provenire dalla stanza dove era entrato Philippe.

«Sophie cosa stai dicendo?» disse Philippe.

«Tu mi devi sposare! Non mi ami più perché non cammino?» chiese Sophie piangendo.

«Non usare la tua sedia a rotelle per ricattarmi!» disse Philippe.

«È deciso che dobbiamo sposarci!» disse Sophie.

«Chi l'ha deciso? Mia madre e tuo padre!» disse Philippe.

«Ho capito qual è il problema! Tu hai portato la tua amante qui!» disse Sophie.

«Quale amante?» chiese Philippe.

«La dottoressa!» rispose Sophie.

«La dottoressa è qui per te!» disse Philippe.

«Milly mi ha raccontato come vi guardate!» disse Sophie.

«Milly, è qui come domestica! Sai perché non la licenzio? Perché ci ha cresciuti con amore a me e a mia sorella! Ma questo non deve darle il diritto di fare pettegolezzo! Comunque a me la dottoressa non interessa, al massimo con lei potrei divertirmi un po'!» disse Philippe.

"Schifoso! Maiale! Peggio la pulce di un maiale!" si disse Matilda, e tornò nella sua camera. L'indomani si alzò presto, fece la doccia e bevve un po' di spremuta di arancia. Era ancora presto per andare a conoscere Sophie. Scese giù e andò fuori, c'era un enorme giardino con delle bellissime rose di svariati colori, "Sono stupende!" si disse Matilda, e si diresse verso delle recinzioni, c'era una stalla e vi entrò. "Meravigliosi!" si disse Matilda, c'erano dei bellissimi purosangue, c'era anche un puledro vicino a una cavalla bellissima con il manto bianco e nero.

«Signorina, che ci fa qui?» disse un ragazzo.

«Buongiorno! Ho fatto un giro e ho visto i cavalli, sono molto belli!» disse Matilda.

«Sì, sono belli! Ma Philippe è molto geloso dei suoi cavalli!» disse il ragazzo.

«Non li tocco! Li stavo solo guardando!» disse Matilda.

«Da quando la signorina è caduta da cavallo, lui non vuole che nessuno si avvicini ai cavalli!» disse il ragazzo.

«Io sono Matilda! Sophie è caduta da cavallo? Per questo non cammina più?» disse Matilda.

«Sì, signorina! Io sono Martino, mi occupo della scuderia!» disse Martino.

«Questo è il cavallo del signor Philippe, ha partorito da poco! E questo è il suo puledro! Philippe l'ha chiamato bambolina!» disse Martino indicando il puledro.

«Bambolina?» disse Matilda pensando al nomignolo che dava a lei.

«Sì è strano come nome per un cavallo, la madre del puledro si chiama Gina!» disse Martino ridendo.

"Sarà il nomignolo che dava a un'altra amante!" si disse Matilda.

«Sì, Gina, come suo padre e suo nonno, Luigi!» disse Martino.

«Come il nonno?» chiese Matilda.

«Sì, come il nonno paterno a cui Philippe era molto legato, e fra l'altro è stato proprio suo nonno a regalargli il cavallo prima di morire! A quel cavallo manca solo la parola, è come un essere umano! Obbedisce a Philippe!» disse Martino.

«Bene! Io dovrei rientrare, devo fare un po' di terapia a Sophie! Piacere di averti conosciuto!» disse Matilda andando via.

«Arrivederci Matilda!» disse Martino. Matilda rientrò in casa, sembrava non ci fosse nessuno, poi sentii delle voci in sala, stava per salire nella sua stanza quando si sentì chiamare.

«Matilda!» chiamò Dolores.

«Sì!» rispose Matilda fermandosi sulle scale.

«Vieni cara, ti presento la tua paziente!» disse Dolores.

«Buongiorno!» disse Matilda fredda.

«Buongiorno, tu saresti la dottoressa Matilda!» disse Sophie, una ragazza esile, con capelli corti neri e occhi scuri, era seduta su una sedia a rotelle.

"Sarà alta più o meno come me!" si disse Matilda. «Sì, sono io Matilda, e tu saresti Sophie!» disse Matilda.

«Volete che vi porti qualcosa da bere ragazze, e poi vi lascio da sole!» disse Dolores.

«Sì, Dolores, io vorrei un succo d'arancia rossa e tu Matilda?» disse Sophie.

«Io un caffè, grazie!» disse Matilda.Sul tavolino c'era una cartella clinica e altri referti di visite specialistiche, «S', sono tutti i miei referti di varie visite da fisiatri e neurologi, le ha portate qui Philippe per fartele leggere!» disse Sophie guardandola in modo strano.

«Sì, ha fatto bene! Li leggerò con molta calma, nella mia stanza più tardi!» disse Matilda.

«Avrai a disposizione una stanza, l'abbiamo sistema-
ta per te! Sarà il tuo studio, abbiamo portato una copia
delle cartelle cliniche di Sophie e i suoi referti!» disse
Dolores che era tornata con le bevande, «Bene, vi lascio
fate pure conoscenza!» disse Dolores lasciandole da sole.

«Bene, tu quindi sei un medico? Sembri così giovane! Quanti anni hai?» disse Sophie.

«Sì, sono un medico! Ho ventisei anni!» disse Matilda.

«Io ho iniziato la facoltà di medicina, mi mancava
solo la tesi ma mio padre è stato sempre contrario e mi
ha fatto abbandonare tutto!» disse Sophie.

«Solo la tesi?» chiese Matilda, «È veramente un pec-
cato Sophie!» disse.

«Sì, papà è convinto che le donne in carriera sono
tutte delle poco di buono! Io devo sposare Philippe
perché è lui insieme a Dolores che l'hanno deciso, da
quando eravamo bambini!» disse Sophie.

«Se vi amate, perché no?» disse Matilda.

«Amore! Che cos'è l'amore Matilda? Io so solo che
sono stata promessa in sposa a mio cugino Philippe!»
disse Sophie con un tono molto triste.

«Allora Sophie, tu sei quasi un medico? Possiamo
dire che siamo colleghe!» disse Matilda cambiando ar-
gomento. Il matrimonio fra Sophie e Philippe, lo doveva ammettere con se stessa, le stava dando molto fastidio. "Cosa ti succede Matilda, ti stai innamorando di
quel donnaiolo che gioca con le donne come fossero
giocattoli?" si disse Matilda, «Bene Sophie, mi leggo un

po' dei tuoi referti e di pomeriggio se sei d'accordo vediamo insieme il da farsi!» disse Matilda.

«Va bene Matilda, quando sei pronta fammi chiamare da Milly! Io sono fuori in giardino a guardare le mie rose!» disse Sophie.

"Ha un animo gentile! Povera Sophie, costretta a sposare un uomo perché deciso dalle famiglie, e costretta a lasciare gli studi sempre per volontà altrui!" pensò Matilda. Entrò nel suo studio e incominciò a leggere la cartella clinica di Sophie. "Diagnosi: Paresi arti inferiori dopo caduta accidentale da cavallo!" "Povera Sophie, che destino crudele!" si disse Matilda. Bussarono alla porta del suo studio, era suo padre.

«Cara, non ti ho vista per tutta la mattinata! Milly mi ha detto che eri qui! Io sto andando a cavalcare con Rosa! Ci vediamo dopo cara?» disse Simone.

«Papà, credo che nel pomeriggio inizierò a fare a Sophie un po' di terapia! Forse stasera per cena?» disse Matilda che non vedeva l'ora di iniziare ad aiutare Sophie. Matilda fece chiamare Sophie da Milly.

«Mi hai fatto chiamare Matilda?» chiese Sophie.

«Sì, è ora che ci mettiamo a lavoro!» disse Matilda. Nel suo studio c'era un lettino, con l'aiuto di Milly, fecero sdraiare Sophie sul lettino e Matilda cominciò a visitarla. I muscoli avevano perso tonicità, e Sophie aveva pochi riflessi.

«Sophie c'è da fare un po' di lavoro! Non hai mai fatto fisioterapia?» chiese Matilda.

«Sì! Ma all'inizio, e poi mi sono scoraggiata e non ho voluto più farla!» disse Sophie.

«Allora io ti preparo un programma di fisioterapia! Quindi dovrà venire un fisioterapista, e poi ci vogliono delle attrezzature per tonificare la muscolatura! E ti prescrivo degli integratori! Domani mattina a digiuno faremo un prelievo ematico!» disse Matilda continuando a dare una occhiata ai referti di Sophie. «Ho visto che hanno preparato l'attrezzatura per la fisioterapia, e anche i macchinari! Benissimo, si può incominciare!» disse Matilda.

«Fisioterapia? E a cosa può servire? A illudermi?» chiese Sophie delusa.

«Cosa pensavi che potessi fare? Non ho il dono dei miracoli! Non sono Padre Pio!» disse Matilda.

«No, assolutamente! Non pretendevo da te un miracolo! Solo che l'ho fatta la fisioterapia per una settimana e non ho visto alcun miglioramento!» disse Sophie.

«Chi te l'ha fatta la fisioterapia?» chiese Matilda,.

«Ho scaricato degli esercizi online, e mi sono applicata negli esercizi! Senza alcun risultato!» disse Sophie.

«Online? Ci sarà un fisioterapista che ti seguirà giornalmente! Io lo aiuterò, stasera ti preparo una scheda con tutti gli esercizi da fare! E ti prescrivo anche un po' di miorilassanti, per poter lavorare meglio! Anche degli integratori, e vitamine e sali minerali, tutto questo dopo che avrò i risultati degli esami ematici!» disse Matilda congedandola, perché doveva preparare la sua scheda. Chiamò un fisioterapista dall'agenda che le aveva lasciato Dolores, Mirko sarebbe venuto l'indomani mattina, e poi chiamò il laboratorio analisi, lei avrebbe fatto il prelievo e lo avrebbero portato in laboratorio analisi entro le nove di mattino. Si mise fuori in giardino per tutto il pomeriggio e preparò la scheda per gli esercizi che doveva fare il fisioterapista.

«Matilda, non ti abbiamo visto per tutto il giorni!» disse Philippe.

«Sì, ho tanto lavoro!» disse Matilda continuando a preparare il programma di fisioterapia per Sophie.

«Ehi bambolina, hai preso il compito che ti abbiamo dato, molto seriamente!» disse Philippe.

«Io sono una professionista seria!» disse Matilda.

«Lo sappiamo! Il tuo professore di chirurgia non ha fatto altro che elogiarti!» disse Philippe.

«Vedo che avete preso informazioni su di me!» disse Matilda scocciata.

«Non ti conoscevamo bambolina!» disse Philippe come per giustificarsi.

«Certo è un vostro dovere controllare! Ti vorrei ricordare che tu e tua madre mi avete costretta, per non dire minacciata ad accettare questo lavoro!» disse Matilda e continuò a scrivere.

«Mi stai rinfacciando che ti ho fatto venire qui? Ti ricordo che tuo padre ha un debito da saldare!» disse Philippe sarcastico.

«Era solo per rinfrescarti la memoria! E ora scusami ma ho tanto da lavorare! Sono qui per lavorare giusto?» disse Matilda.

«Sì, giusto!» disse Philippe. Matilda lo salutò e andò nel suo studio, dove la raggiunse Milly:

«Signorina Matilda ha bisogno che le porti qualcosa da mangiare? Non ha fatto neanche la pausa per mangiare!» disse Milly.

«Grazie Milly, mi andrebbe un toast farcito!» disse Matilda.

«Subito signorina Matilda!» disse Milly e uscì dalla stanza. Matilda mangiò i toast preparati da Milly, e uscì fuori a fare una passeggiata nel giardino, indossò un maglioncino, era settembre ma la sera c'era freddo e umidità. Andò dai cavalli, c'era Martino che stava spazzolando Gina. «Buonasera, Matilda!» disse Martino.

«Buonasera Martino! Stai spazzolando Gina?» chiese Matilda.

«Sì ha cavalcato fin'ora ed è tutta sudata! Il signor Philippe è andato via adesso, ha lasciato il cavallo e mi ha detto di spazzolarla!» disse Martino.

«Ha cavalcato a quest'ora?» chiese Matilda.

«Sì! Lui di solito va a cavalcare quando è nervoso! Dopo l'incidente con la signorina Sophie, va da solo a cavalcare! Lui è convinto che è per colpa sua che Sophie è caduta da cavallo!» disse Martino.

«Incidente?» chiese Matilda.

«Non sa dell'incidente?» chiese Martino.

«Sì, sapevo dell'incidente di Sophie, ma cosa c'entra Philippe?» chiese Matilda.

«Sophie e Philippe sono fidanzati, da quando erano ragazzini! Tutte le mattine andavano a cavalcare insieme. Una domenica il signor Philippe e i suoi amici avevano organizzato la caccia alle volpi. Philippe chiese a Sophie se voleva andare con loro. Sophie accettò di andare con Philippe e i suoi amici, Philippe cavalcava veloce, aveva visto una volpe e voleva catturarla. Sophie cercò di stargli dietro ma non riuscì a raggiungerlo; Gemma, il cavallo di Sophie, si spaventò ai rumori degli spari per la caccia alle volpi e s'imbizzarrì. Sophie cadde e il resto lo puoi immaginare!» disse Martino.

«E la cicatrice che ha sul viso Philippe?» chiese Matilda.

«Martino puoi andare!» disse Philippe dietro di loro.

"Oh mio Dio, da quanto è qui?" si chiese Matilda.

«Per quanto riguarda te, Matilda, ora sei tu a chiedere informazioni su di me e la mia famiglia! Sia ben chiaro, sei qui per lavorare! Non permetterti più di andare dai miei domestici a parlare e a chiedere informazioni su di me!» disse Philippe arrabbiato, «Dovrei pensare che sei interessata a me!» disse ancora Philippe.

«Interessata a te?» disse Matilda, «Tu non hai tutte le rotelle del cervello a posto!» disse Matilda.

XIII Capitolo

Matilda si alzò di buon'ora, aveva detto al fisioterapista di venire presto. Mirko arrivò per le otto, entrarono nella stanza adibita a palestra, dove c'era anche un lettino per poter visitare Sophie.

«Ciao, vedo che siete mattinieri!» disse Sophie entrando in palestra, Matilda stava mostrando a Mirko gli esercizi che aveva preparato per Sophie.

«Buongiorno Sophie!» disse Matilda, «Lui è Mirko, il tuo fisioterapista!» continuò.

«Ciao!» disse Sophie.

«Ciao Sophie!» rispose Mirko.

«Aspettiamo i risultati degli esami del sangue, per decidere la terapia orale!» disse Matilda, «Vado a prendere un caffè! Ne porto uno anche per voi?» disse.

«Sì, grazie!» risposero in coro. Dopo il caffè, Matilda li lasciò da soli per la fisioterapia. Matilda andò nel suo studio, e incominciò a leggere dei casi che avevano studiato insieme al suo adorato prof di chirurgia.

"Quanto mi manchi Prof. Giuliani! Mi consigliavi, avevi una risposta a tutto, e risolvevi tutti i problemi!" si disse Matilda. Ricordava di un caso simile, Ilary, una ragazzina che anni prima aveva avuto anche lei un incidente, cadendo da un albero. Con il professor Giuliani, passarono molti mesi ma la ragazza recuperò l'uso delle gambe. Il professor Giuliani la rimproverava perché Ilary si scoraggiava con un niente, ma la costanza, la perseveranza e il tempo avevano dato i loro frutti. Simone andò a trovarla al suo studio.

«Matilda, non ti vedo più! Sei sempre chiusa qui dentro a lavorare! Finirai per ammalarti! Devi anche uscire, svagarti, sei giovane, hai bisogno anche di altro!» disse Simone.

«Sì papà, hai ragione! Ma forse ho trovato una soluzione per Sophie! Sono convinta che tornerà a camminare! Per me è un blocco psicologico!» disse Matilda.

«Vorresti dire che si rifiuta di camminare?» disse Simone.

«Non se ne rende conto, non la fa apposta! Con esercizi di fisioterapia costanti lei tornerà a camminare!» disse Matilda.

«Rosa dice che l'hanno vista i migliori specialisti!» disse Simone.

«Sì, forse loro hanno studiato il caso! Non hanno avuto la pazienza di starle dietro!» disse Matilda.

«Sarebbe un vero miracolo!» disse Simone.

«Non dire niente ancora, di quello che ti ho appena riferito!» disse Matilda.

«Va bene cara, andiamo a mangiare fuori?» disse Simone.

«Vado prima a vedere Sophie cosa sta facendo! Poi usciamo da questo posto, che sembra una gabbia dorata!» disse Matilda.

Sophie e Mirko erano entrati in confidenza, ridevano e scherzavano su battute fatte da Mirko.

«Vedo che c'è molto feeling, fra voi due! Come va con la fisioterapia?» chiese Matilda.

«Bene! Ho iniziato con esercizi passivi, prima con i muscoli della gamba, sono un po' tonici! Ci vuole un po' di tempo, ma andrà bene! Vero Sophie?» disse Mirko che guardò Sophie con uno sguardo di intesa.

"Se non fosse che Sophie debba sposare Philippe, penserei che si piacciono e non poco!" si disse Matilda, «Ok ragazzi! Io allora posso andare tranquilla! Vado a pranzare fuori con mio padre!» disse Matilda.

«Sì, puoi andare Matilda!» disse Sophie.

Simone e Matilda andarono a pranzare in un ristorante non molto lontano dal palazzo, c'era un'insegna fuori dal ristorante, "Spaghetti!".

«Papà, già dal nome del ristorante ci porta a sceglierlo! Mi mancano i miei spaghetti!» disse Matilda.

«A chi lo dici! Spaghetti all'amatriciana!» disse Simone ridendo. Mangiarono un bel piatto di spaghetti, «Sembra di stare a casa!» disse Simone.

«Già proprio così!» disse Matilda ridendo. Arrivò una coppia accanto al loro tavolo, lei era vestita come dovesse andare a una rappresentazione di moda, alta 1,80, con i capelli lunghi neri e gli occhi scuri, lui era un signore di mezza età, doveva essere il padre, sembrava che aspettassero qualcuno.

«Ma dove crede di stare quella signora? Ha su un vestito lungo con strascico tutto in pizzo!» disse Simone.

«Ciao Philippe, tesoro!» disse la donna baciando l'uomo che era appena arrivato.

"Philippe!" si disse Matilda, Non sembrò che si accorgesse della loro presenza, era tutto preso da quella donna di una sensualità esasperante.

«Matilda! Simone!» disse Philippe che girandosi li vide.

«Ciao Philippe!» disse Simone, «Siamo venuti qui a mangiare gli spaghetti!» continuò ridendo.

«Sì, avete fatto bene! Ci vengo spesso! Si mangia molto bene! Ora scusatemi avrei da fare!» disse Philippe guardandola con una luce strana negli occhi.

"Ha da fare! Eh sì, con la sua amica che gli fa la gatta morta!» si disse Matilda.

«Matilda, tutto bene?» chiese Simone.

«Sì papà!» disse Matilda che aveva una strana sensazione. "Matilda no! Non avrai le farfalle allo stomaco per lui!"si disse Matilda. Philippe e quella donna parlavano vicinissimi, più che parlare sembrava che bisbigliassero, "Cosa hanno da bisbigliarsi quei due!" si disse Matilda nervosa.

«Ma non deve sposarsi con Sophie?» disse Simone.

«Papà, Philippe è un donnaiolo! Non è il tipo di uomo da rimanere fedele a una donna!» disse Matilda.

«Ma Sophie è sulla sedia a rotelle! Non mi sembra giusto che lui abbia questi comportamenti!» disse Simone.

«Andiamo via papà!» disse Matilda. Per andare via Matilda e Simone passarono dal tavolo dove era seduto Philippe, «Matilda! Simone! Andate già via? Sedetevi con noi, prendiamo un dolce e un caffè insieme! Ho visto che avete mangiato solo un primo!» disse Philippe, «Delfina, lei è Matilda, è un medico che si occupa di Sophie, e lui è Simone, si occuperà della contabilità, è un ragioniere, il papà di Matilda!» disse Philippe freddo.

Si trattennero per mangiare un gelato, Matilda si stava innervosendo a vedere Philippe e Delfina che si capiva benissimo che fossero amanti.

«Sophie sa che tu sei qui con Delfina?» disse Matilda che lasciava trasparire il suo nervosismo.

«Matilda, da quando t'interessa se Sophie sa della mia privata?» disse Philippe.

«Solo che mi sembra ingiusto che lei sta in sedia a rotelle ed è ignara delle tue storielle!» disse Matilda alzandosi per andare via.

«Senti un po' Matilda, la mia vita privata non ti deve riguardare! Chiedi scusa a Delfina! Sei una nostra dipendente, nient'altro!» disse Philippe trattenendola per il braccio.

XIV Capitolo

Sophie continuò a fare la fisioterapia tutti i giorni, era molto motivata, forse per Mirko che oltre a essere simpatico era molto carino.

«Dobbiamo incominciare gli esercizi con la palla!» disse Matilda.

«Sì, infatti, da domani si inizia!» disse Mirko.

«Sono nelle tue mani!» disse Sophie che pendeva dalle sue labbra.

«Perfetto, vedo che Sophie è molto motivata, a seguire il suo programma di fisioterapia!» disse Matilda. In mattinata arrivarono i risultati degli esami ematici di Sophie. Matilda li controllò, aveva un po' di anemia sideropenica, e i valori dei sali minerali bassi, gli altri esami erano perfetti. Matilda prescrisse a Sophie un po' di ferro orale e delle bustine di sali minerali.

Matilda andò a fare una passeggiata nel giardino, sentì delle voci: «Mamma, Sophie sta facendo dei grandi progressi!» disse Philippe a Dolores.

«Sì, è irriconoscibile, anche l'umore è molto migliorato! È felice! Non vorrei però che Sophie si faccia false illusioni!» disse Dolores.

«Io la vedo cambiata! Almeno ci si può parlare! Prima era scontrosa, sempre di malumore!» disse Philippe.

"Senti chi parla! Lui che è sempre scontroso e burbero!" si disse Matilda.

XV Capitolo

«Sophie! So che sei stanca ma dobbiamo continuare!» disse Mirko.

«Mirko, mi stai massacrando! Io non mi sento più le forze!» disse Sophie.

«Dobbiamo provare a fare qualche passo!» disse Mirko.

«Ho paura di cadere Mirko!» disse Sophie.

«Ti sono accanto!» disse Mirko.

«Ci provo Mirko!» disse Sophie.

«Sophie, io sono innamorato di te! Li devi fare anche per me! Matilda ha detto che sei bloccata psicologicamente!» disse Mirko. Sophie si appoggiò a Mirko e cercò di mettere forza sulle gambe, dopo tanti tentativi fece qualche passetto.

«Basta così per oggi!» disse Matilda entrando in palestra.

«Hai visto Matilda! Ho fatto dei piccoli passi! Grazie!» disse Sophie.

«Bravissima! Sei tu che ce la stai mettendo tutta!» disse Matilda.

«Ora devi riposarti, non strafare per oggi! Sei stanca!» disse Mirko.

Sophie invitò Mirko a cenare con loro.

«E così Mirko, Sophie ha fatto molti progressi!» disse Philippe.

«Sì, è molto brava! Fa tutti gli esercizi correttamente!» disse Mirko.

«Mirko è un bravo fisioterapista! Ed è anche severo!» disse Sophie sorridendo.

«Matilda! Tu cosa ne pensi come medico?» chiese Dolores.

«Sì, effettivamente è molto migliorata! Le ultime analisi del sangue sono anche perfette! È importante che dal punto di vista clinico stia bene per poter vedere dei progressi anche nella fisioterapia!» disse Matilda mantenendosi sul vago. Sophie le aveva chiesto di non dire per ora a Philippe e a Dolores, che aveva incominciato a fare qualche passo.

«Bene! Vorrei essere diretto Matilda, tu pensi che Sophie potrà tornare un giorno a camminare?» chiese Philippe.

Matilda guardò Sophie, «Sì, per me tornerà a camminare!» disse Matilda.

«Io credo invece di no! Non puoi illuderla Matilda!» disse Dolores.

«Come fa a dire questo, Dolores?» chiese Matilda arrabbiata.

«E a te chi da questa sicurezza che un giorno camminerà!» disse Dolores.

«Mamma! Smettila! Matilda è un medico!» disse Rosa.

«Non mi contraddire Rosa!» disse Dolores.

«E invece ti contraddico! La tua parola è stata sempre legge! È ora di dire basta alla tua dittatura!» disse Rosa.

«Rosa, smettila! Come ti permetti di rivolgerti a nostra madre in questo modo?» disse Philippe.

«Tu sei uguale a lei! Siete cattivi senza cuore!» disse Rosa uscendo dalla stanza da pranzo.

«Mamma, lasciala perdere! È un po' nervosa!» disse Philippe.

«Sophie, io vado via, è tardi! Ci vediamo domani mattina presto!» disse Mirko. Sophie l'aveva accompagnato alla porta d'ingresso, gli si avvicinò dandogli un bacio sulle labbra.

«A domani cara!» disse Mirko.

«Non vedo l'ora!» disse Sophie.

XVI Capitolo

Matilda andò a trovare il puledro, «Ehi piccolo! Lo sai che sei proprio bello?»

«Bello vero?» disse Philippe dietro di lei.

«Sì! Gli manca solo la parola! Sembra che capisca quello che gli dici!» disse Matilda.

«La penso uguale! Secondo me, anche il cavallo è il migliore amico dell'uomo, non solo il cane!» disse Philippe.

«Io ho avuto un cane da piccola! E quando è morto di vecchiaia ne ho sofferto tantissimo! È stata molto triste per me la separazione da lui!» disse Matilda ricordando il suo vecchio cane spillo.

«Io non ho mai avuto un cane, ma ti posso assicurare che il cavallo non è da meno!» disse Philippe.

«Come si chiama il puledro?» chiese Matilda.

«Non ho ancora deciso il nome! Sceglilo tu!» disse Philippe.

«È un maschio giusto? È molto vivace! Birba, che ne pensi?» disse Matilda.

«Vada per Birba!»rispose Philippe avvicinandosi a Matilda. Matilda cercò di ritrarsi ma si ritrovò stretta fra le sue forti braccia.

«È meglio che rientriamo in casa Philippe!» disse Matilda, ma Philippe non l'ascoltò e la baciò. Stava arrivando qualcuno, si fermarono davanti alla scuderia.

Erano Mirko e Sophie, «Sophie dobbiamo dirlo!» disse Mirko.

«Mirko, aspettiamo! Ho paura di deludere Dolores e mio padre!» disse Sophie.

«Allora, Sophie, lo farò io!» disse Mirko arrabbiato.

«Aspetta che io cammini definitivamente! Lo diremo insieme!» disse Sophie. Seguì un lungo silenzio, Mirko e Sophie si stavano baciando.

«Bene!» disse Philippe, uscendo dalla scuderia.

«Cosa avete da dirci?» chiese Philippe guardando prima l'uno poi l'altra.

«Philippe posso spiegarti tutto!» disse Sophie.

«Tu naturalmente sapevi tutto, vero Matilda?» disse Philippe arrabbiato.

«Io?»rispose Matilda.

«E voi cosa facevate soli qua dentro?» chiese Sophie!

«Già! Philippe e Matilda! Cosa avete da dire sulla vostra storia?» disse Mirko.

XVII Capitolo

I giorni successivi, Philippe non si fece vedere. Matilda andò a cercare Sophie, «Sophie, ormai non hai più bisogno di me! Io e mio padre torniamo a casa!» disse Matilda.

«Ma io, grazie anche a te ho fatto progressi! Sei molto brava come medico!» disse Sophie.

«C'è Mirko! È un bravo fisioterapista! E poi ti ama, vi auguro ogni bene, lo meritate!» disse Matilda abbracciandola.

«Grazie Matilda! Mi dispiace per l'altro giorno!» disse Sophie. Matilda preparò i bagagli, aveva fatto i biglietti dell'aereo online per lei e per il padre. Non salutò nessuno, il mattino dopo chiamò un taxi e aspettò il padre in macchina mentre Simone salutava Rosa. Philippe era alla finestra della sua stanza, la stava guardando, ma non fece niente per fermarla.

XVIII Capitolo

Era trascorso un mese dal loro rientro a casa, Matilda aveva ripreso la vita di sempre. Tutte le notti le passava insonni, pensando a Philippe. Si era promessa che non si sarebbe lasciata andare a innamorarsi di lui, invece era accaduto. Simone si sentiva telefonicamente con Rosa, si sarebbero rivisti in primavera, Rosa sarebbe venuta in vacanza a casa loro a mare."

«Matilda! Andiamo a cena fuori stasera?» chiese Simone.

«Papà oggi ho un convegno! Mi ha invitato il mio professore di Chirurgia! Mi ha proposto di insegnare all'università, ai ragazzi della facoltà di medicina!» disse Matilda entusiasta.

«Brava tesoro! Non avevo dubbi, di quanto fossi brava!» disse Simone.

«Non solo papà! Lo affiancherò agli interventi chirurgici!» disse Matilda.

«A te piace chirurgia?» chiese Simone.

«Non mi piace molto la chirurgia! Ma devo fare un po' di pratica, con lui poi, è un grande onore!» disse Matilda.

Matilda andò al convegno con altri colleghi. Era un convegno internazionale, si presentavano dei casi scientifici, tra cui anche il caso di Ilary, la ragazza che aveva riacquistato l'uso delle gambe. Matilda ritornò con la mente alla sua vita in Spagna, a Sophie e il suo Philippe.

Le lacrime le scendevano sulle guancie, mentre guardavano delle slide. A casa rientrò molto tardi, Simone era uscito. Si mise davanti alla televisione, sorseggiando un succo d'arancia, e indossò il pigiama. Squillò il telefono, era Rosa: «Ciao Matilda, è da tanto che non ti sento! Come stai?» chiese Rosa.

«Bene, grazie Rosa! E tu?» disse Matilda.

«Io sto bene! Simone è a casa?» chiese Rosa.

«È uscito, forse è andato a cena con dei colleghi! Dovevo andare anch'io, ma sono tornata poco fa da un convegno!» disse Matilda.

«Io vorrei fare una sorpresa a Simone, siamo già a Roma! Domani dovremmo essere lì nel pomeriggio!» disse Rosa felice.

"Forse verrà anche Sophie!" pensò Matilda. L'indomani Matilda si alzò presto per preparare qualcosa per l'arrivo di Rosa e Sophie.

«Cara, abbiamo ospiti?» chiese Simone.

«Sì, stasera vengono dei miei amici a cena!» disse Matilda.

«Non mi avevi detto niente! Chi sono questi amici?» disse Simone.

«Sono dei colleghi!» disse Matilda rimanendo evasiva.

«Vuoi che ti lasci sola con loro?» chiese Simone.

«No papà! Tu ci devi essere assolutamente!» disse Matilda. Rosa arrivò per le 19, era ancora luce, essendo aprile le giornate erano allungate.

«Papà scendi, sono arrivati gli ospiti!» gridò Matilda andando ad aprire la porta.

«Ciao Matilda!» disse Dolores; dietro Dolores c'erano Sophie, Rosa, Mirko e Philippe.

"Oh mio Dio, c'è anche lui!" si disse Matilda che si sentiva tremare le gambe.

«Ti piace la sorpresa, Matilda?» chiese Rosa.

«Rosa!» urlò Simone che la baciò. «Che bella sorpresa! Sono molto contento! Accomodatevi!» disse Simone. Matilda chiese scusa e si allontanò per andare in bagno a sciacquare il viso, si sentiva male. Philippe la seguì.

«Matilda tutto bene?» chiese Philippe.

«Sì, sì! Ho problemi di pressione bassa!» disse Matilda, «Perché sei venuto anche tu? Per annunciare il tuo matrimonio con Sophie?» chiese Matilda.

«Io e Sophie non ci sposiamo più! Lei ama Mirko!» disse Philippe.

«Ora cammina, dovresti essere contento!» disse Matilda.

«Sì, sono contento! Il nostro matrimonio lo avevano deciso mia madre e il padre di Sophie! Io non l'ho mai amata e neanche lei mi ha mai amato!» disse Philippe.

«Ma vi ho sentiti parlare, e Sophie era gelosa delle tue amanti!» disse Matilda.

«Lei era succube di Gilberto, suo padre! Solo per questo motivo, nient'altro, non era gelosia assolutamente!» disse Philippe.

«Auguri! Cosa volete che vi dica!» disse Matilda diretta alla porta del bagno per uscire.

«Matilda io ti ho amato dalla prima volta che ti ho vista su quella nave da crociera!» disse Philippe.

«Non è che hai mai dimostrato quello che mi stai dicendo ora!» disse Matilda.

«Tu eri fredda con me! Mi tenevi sempre distante! Quando cercavo di avvicinarmi, tu mi allontanavi!» disse Philippe, «Comunque la mia proposta è sempre valida!» disse lui sorridendo.

«E no! Ancora dovrei lavorare alle tue dipendenze come medico? Chi devo curare?» disse Matilda.

«Me!» rispose Philippe.

«Non stai bene?» chiese Matilda tremando.

«Non sto bene, ho mal d'amore!» disse Philippe «Comunque la mia proposta era di matrimonio! Vuoi sposarmi?» disse Philippe.

«Se mi stai prendendo di nuovo in giro!» disse Matilda incredula, Philippe tirò fuori dalle tasche un solitario e glielo infilò all'anulare della mano sinistra, baciandole la mano.

«Ora mi credi Principessa?» disse Philippe, Matilda non se lo fece ripetere una seconda volta e lo baciò. Fuori dalla porta c'erano Simone, Rosa, Sophie, Mirko e Dolores che vedendoli applaudirono.

«Papà, tu sapevi tutto vero?» disse Matilda.

«Sì Matilda! Ora è tutto a posto! Io sposerò Rosa, Sophie sposerà Mirko e tu…!» disse Simone che fu interrotto da Philippe: «Simone lo dico io! Io e Matilda ci sposeremo il giorno del suo compleanno!» disse Philippe.

«Il mio compleanno! Ma è il prossimo mese! Come faccio a organizzare tutto?» disse Matilda.

«Ce la faremo! L'importante è amarsi!» disse Philippe stringendola forte.

INDICE

I Capitolo 5

II Capitolo..9

III Capitolo 14

IV capitolo 18

V capitolo 21

VI Capitolo 23

VII Capitolo...................................... 25

VIII Capitolo 29

IX Capitolo 31

X Capitolo... 33

XI capitolo 36

XII capitolo 38

XIII Capitolo....................................... 53

XIV Capitolo 58

XVI Capitolo 62

XVII Capitolo 64

XVIII Capitolo...................................... 65

Finito di stampare nel mese di Luglio 2017
per conto di Youcanprint *Self-Publishing*

www.ingramcontent.com/pod-product-compliance
Lightning Source LLC
LaVergne TN
LVHW021215200726

843509LV00012B/1447